獅子 在哪裡

米瑞安‧布許／文　賴瑞‧戴／圖

吳其鴻／譯

三民書局

獻給賴瑞，
他和我一起
跳進獅子的
大嘴裡。
也獻給安、
蘿拉和
克莉絲汀，
她們帶著火把
來救援。
——M. B.

獻給米瑞安，
她讓我的生命
多彩多姿。
——L. D.

獅子！

© 獅子在哪裡　2019 年 12 月初版一刷
文／米瑞安‧布許　圖／賴瑞‧戴　譯者／吳其鴻　責任編輯／徐子茹　美術編輯／黃顯喬　出版者／三民書局股份有限公司
發行人／劉振強　地址／臺北市復興北路 386 號（復北門市）　臺北市重慶南路一段 61 號（重南門市）　電話／(02)25006600
網址／三民網路書店 https://www.sanmin.com.tw　書籍編號：S859101　ISBN：978–957–14–6748–1

獅子！

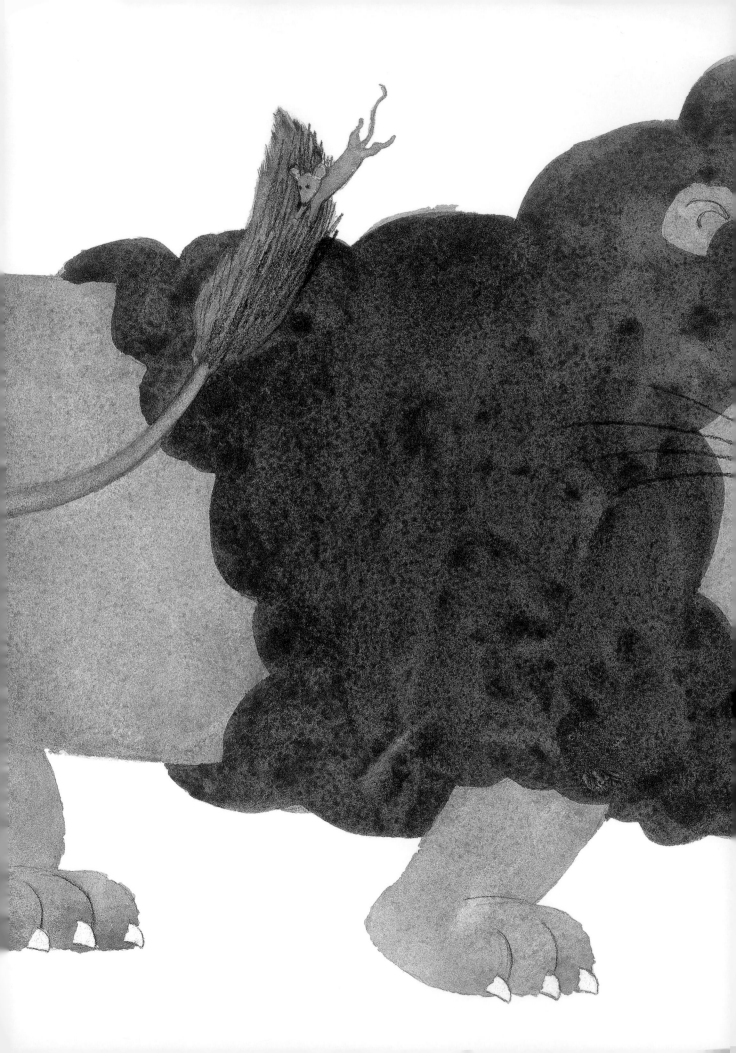

你在做什麼？

我在找獅子。
你呢？

我在找午餐。

午餐？
你要不要吃一些草？

不要，那太兇了。

兇？

哦！我知道了。
還是你想要蘑菇？

不要，那太刺了！

你喜歡莓果嗎？
成熟的莓果很美味。

不要，那太臭了。

嗯，你覺得太兇、太刺、太臭，是嗎？

來點種子好嗎？

不要。

好吧，
那來點花怎麼樣？

不要！

不要！

羽毛會害我打噴嚏。

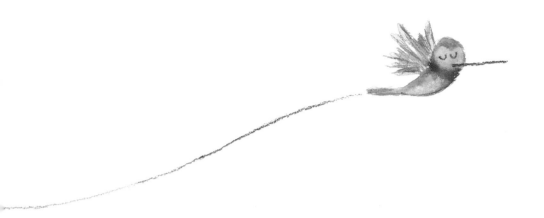

打噴嚏？這樣啊……

獅子現在一定很餓了，
我們帶他回家吧。

獅子，別擔心！

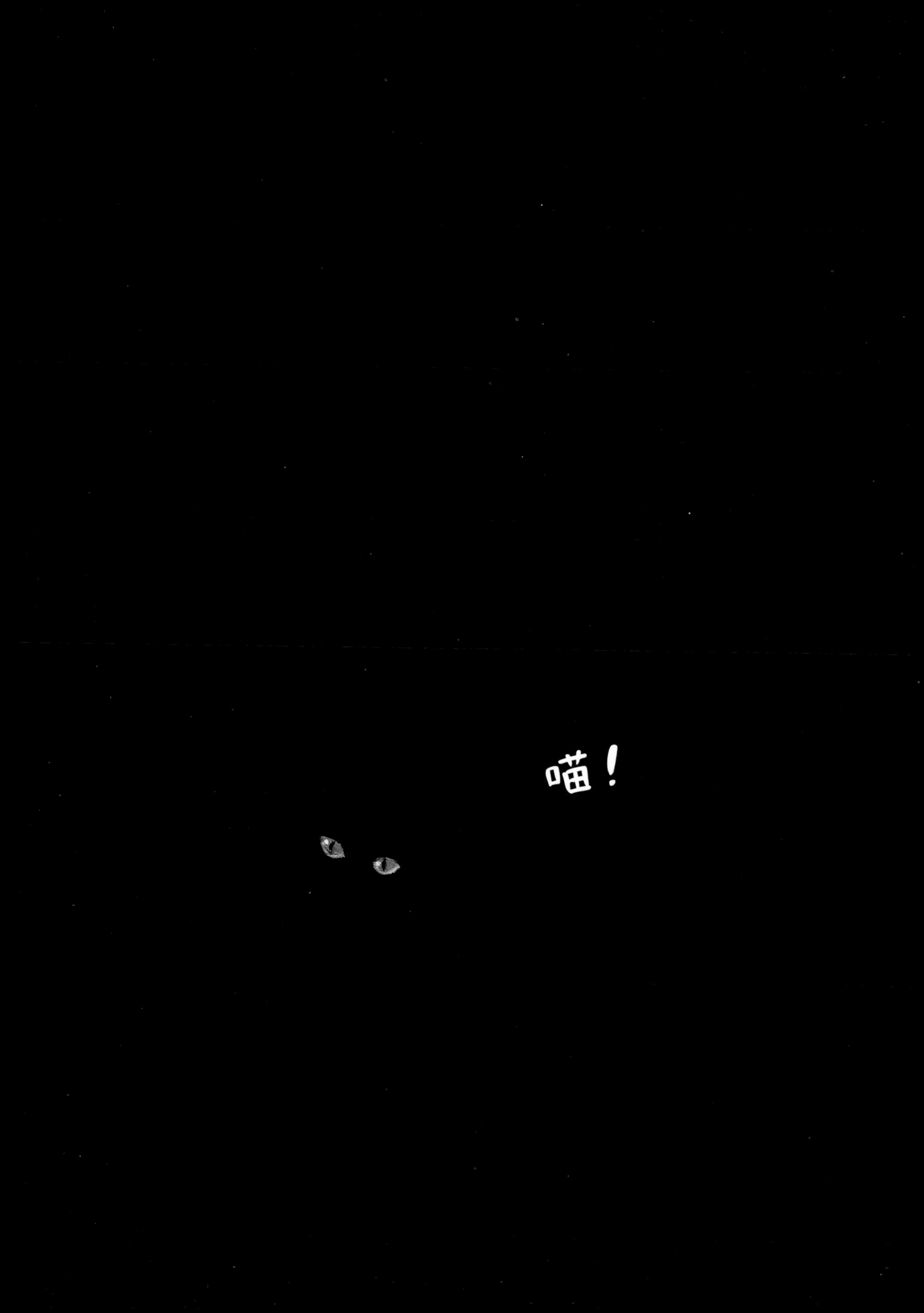
喵！

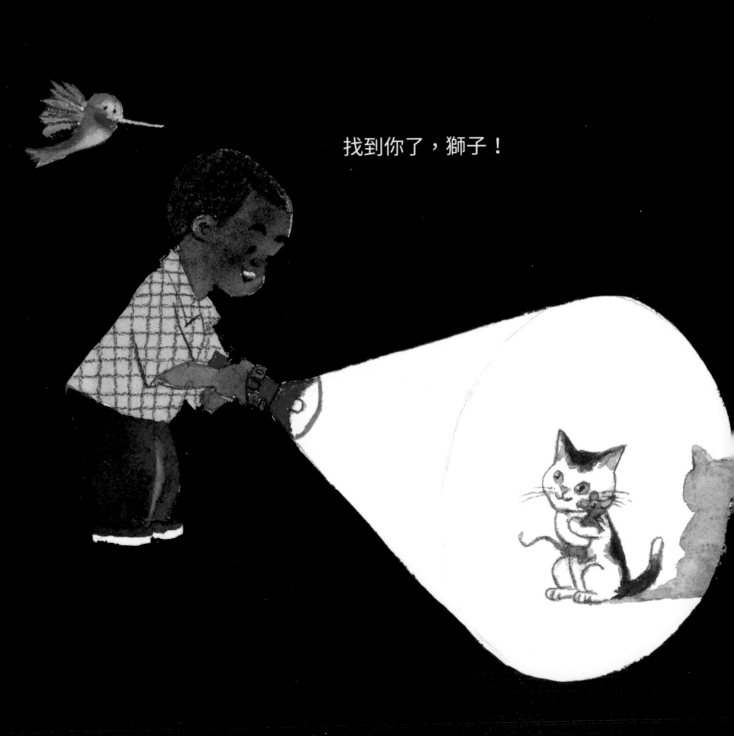

找到你了，獅子！

啊……

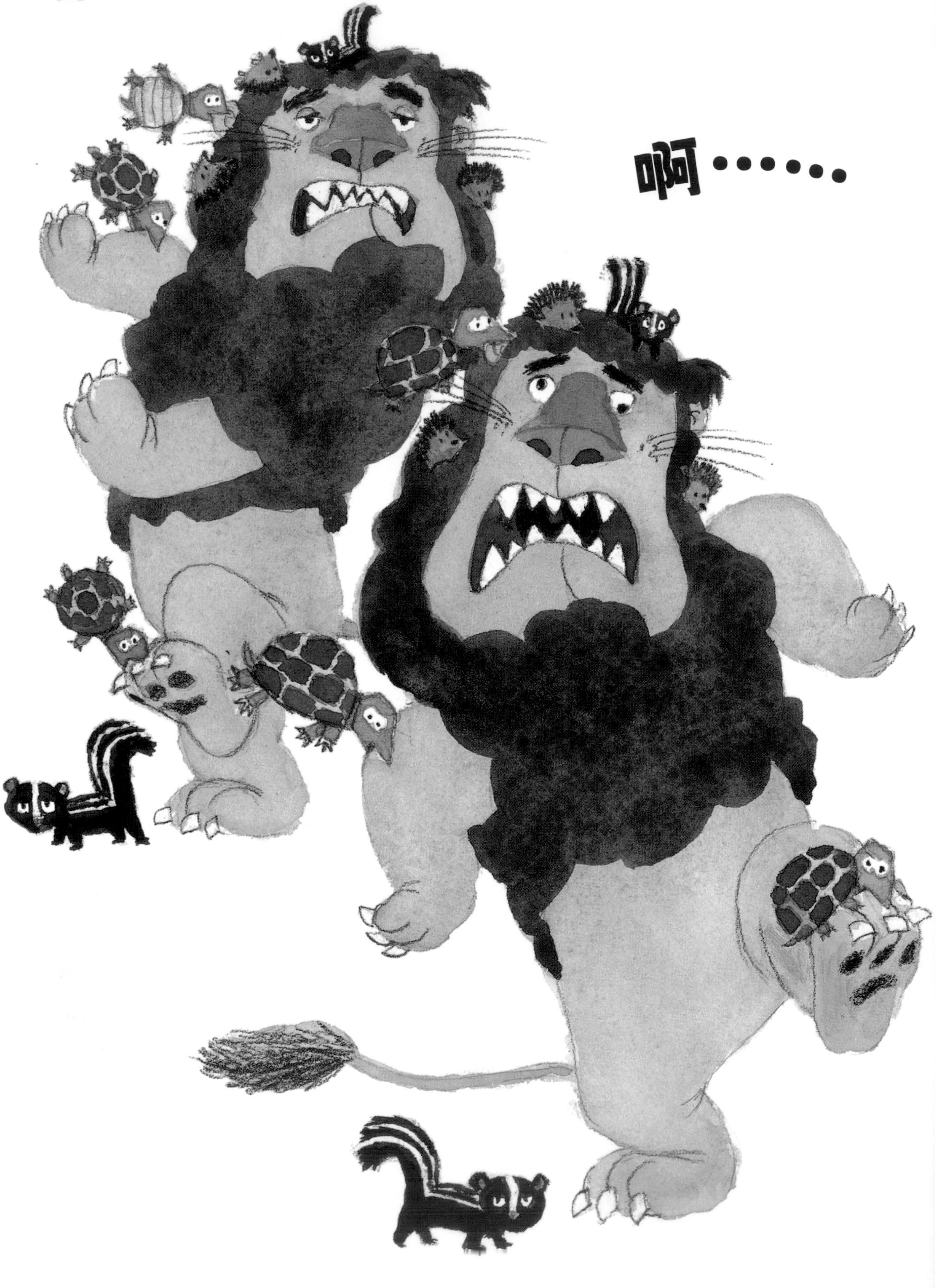

啊……

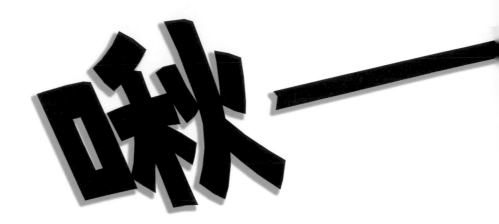